CW01044051

VERS D'AUTRES RIVES

La Collection le, 1 en livre
est dirigée par Éric Fottorino

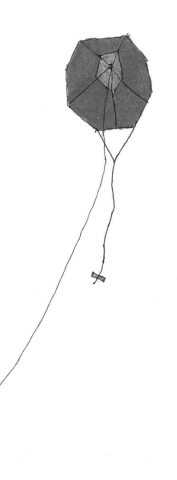

© Dany Laferrière
© Le 1/Éditions de l'Aube, 2019
pour la présente édition (à l'exception du Canada)

www.editionsdelaube.com
ISBN 978-2-8159-3071-0

Dany Laferrière
de l'Académie française

Vers d'autres rives

éditions de l'aube

Pour mon petit-fils, Conor, qui, à deux ans, a pointé un doigt ferme vers un tableau de Matisse.

Intérieur à Collioure Matisse (citation)

La cuisine de Da

La cuisine de Da

L'art le plus proche de l'écriture reste, à mes yeux, celui de la cuisine. La longue cuisson, les épices fraîches et cette exigence simple : ne jamais quitter des yeux une chaudière sur le feu. Bien sûr que vous pouvez vous déplacer un moment, en prenant soin de baisser le feu ou de ranger le manuscrit dans un tiroir (pardonnez-moi de croire encore que c'est un travail manuel), sachez tout de même que le repas, comme le roman, vous habite même si vous n'êtes pas dans la cuisine ou en train d'écrire.

J'imitais ma grand-mère en tout.

Je m'étais fait dévorer le nez par des moustiques affamés.

Justement voici Absalom qui remonte la rue Lamarre avec un seau de poissons frais sur l'épaule. Il revient de la mer, cette mer turquoise qui scintille, au bout de notre rue, derrière les cocotiers. Il offre deux gros poissons à ma grand-mère qui m'envoie en jeter un dans la chaudière et donner l'autre à notre voisine Thérèse qui en retour m'offre de l'huile, du sel et de la farine.

Le gros poisson rose encore vivant me regarde droit dans les yeux.

Je n'ai jamais vu un pareil poisson, ça doit être une prise d'Absalom !

Thérèse déjà prête à sortir.

Je reviens m'asseoir à côté de ma grand-mère jusqu'à ce qu'une marchande de légumes se rappelle le café que Da lui offre chaque après-midi. Elle revient sur ses pas pour nous proposer quelques ignames, des carottes, des aubergines que je cours jeter dans la grande chaudière d'eau bouillante. Maintenant il faut attendre le miracle de la lente cuisson. Des aliments qui fondent doucement jusqu'à perdre leur singularité pour nous faire une bonne soupe de poisson.

Un feu doux enveloppe cette soupe au poisson. Comment a-t-on pu faire cette soupe au poisson ? Observons la magicienne au travail.

C'est de ma grand-mère que j'ai reçu ma première leçon d'écriture. Sans aucune réserve dans le placard, ni un sou vaillant dans la poche, elle n'hésite pas à mettre une marmite sur le feu, avant d'aller s'asseoir sur la galerie pour attendre calment qu'un évènement se produise.

Da était en train de me raconter l'histoire du poisson amoureux quand Absalom pointa avec un seau rempli de poissons. Aucune émotion sur le visage de Da alors qu'elle savait que le sort de la journée se jouait à cet instant.

Je ne suis pas encore au café.

Da a l'habitude d'offrir du café chaque après-midi aux gens qui passent devant chez elle. Après quelques gorgées de café on raconte sa journée. C'est ainsi que Da se tient au courant des affaires de la Cité. On sait que le fils d'Absalom est à l'hôpital et que Thérèse fait des démarches pour trouver du travail au bureau de poste. Da aide discrètement ceux qui sont en difficulté. Ainsi les gens sont unis par une tasse de Café.

Absalom   Thérèse   Lucrèce   Da

Marabout de mon cœur

Émile Roumer

Émile Roumer est né à Jérémie dans le sud-ouest d'Haïti en 1903. Marabout de mon cœur l'a rendu célèbre.

Marabout de mon cœur
aux seins de mandarine
Tu m'es plus savoureuse
que crabe en aubergine.
Tu es un affiba dedans mon calalou.
Le doumboueil de mon pois.
Mon thé de z'herbe à clou.
Tu es le bœuf salé
dont mon cœur est la couane.
L'acassan au sirop
qui coule dans ma gargane
Tu es le plat fumant
diondion avec du riz,
des akras croustillants
et des thazars bien frits
ma fringale d'amour d'amour
te suit où que tu ailles;
Ta fesse est un boumba
chargé de victuailles.

Da connaît tout le monde et tout le monde connaît Da. Et pourtant elle ne bouge jamais de sa galerie. Je ratais souvent l'école pour pouvoir rester à ses côtés. C'est là que j'ai tout appris, enfin, tout ce qui compte : la douceur du soir, la rumeur de la pluie, le vol soyeux de la libellule, l'odeur de la terre après une forte pluie tropicale, le soleil en feu qui titube vers la mer et la nuit étoilée.

Une fois on a passé la nuit sur la galerie à contempler le ciel en silence.

Bon le repas est prêt et j'ai le fin mot de l'histoire. Tout vient du fait qu'on a mis l'eau sur le feu avant d'avoir les deux poissons qui ont permis la farine, l'huile et le sel, puis les légumes de cette marchande qui s'est souvenu du café de Da. Thérèse avait beaucoup de choses pourtant mais elle n'a pas cru dans le miracle de la vie en mouvement. Pour Da la surprise fait bouger le monde et crée ainsi la vie. Des années plus tard j'ai appliqué cette vieille recette dans mon travail d'écrivain. Il faut commencer un livre avant de savoir quel livre on veut écrire. En un mot il faut faire confiance à cette chose qui aime arriver. Bon appétit !

Le monde végétal

Les mains nues

Mais ces fragiles fleurs que je devais arroser après les classes, à Port-au-Prince, me rappelaient cette époque à Petit-Goâve où mon grand-père exigeait que chaque membre de la famille choisisse un morceau de terrain pour faire pousser des légumes. On ne mangeait que ce qu'on avait planté.

Mon grand-père adorait les roses et les tracteurs jaunes.

Il n'a jamais eu de tracteur car au moment où il allait en commander à Chicago le prix du café a chuté sur le marché ce qui l'a ruiné. Chicago a continué de lui envoyer son catalogue.

J'ai quitté Petit-Gôave pour Port-au-Prince, puis pour Montréal, et c'était la dernière fois que mes mains remuaient la terre. Cette main qui a écrit aujourd'hui près de trente livres (la somme de papier!) mais n'a plus planté un seul arbre depuis un demi-siècle. Je me demande parfois si cela n'a pas influencé mon écriture d'une certaine manière. Au bout de mes doigts ne fleurissent que des noms de fleurs. Au fil des années je me suis considérablement éloigné du monde agraire, comme du monde animal. Pourtant cet univers, animal et végétal, a énormément compté dans mon enfance.

L'image la plus apaisante de mon enfance c'est cette masure où mes cousins et moi nous passions des journées entières durant les vacances. Cette masure dévorée par les plantes m'a toujours paru une fin souhaitable.

Nous habitions à côté d'un parc à bestiaux où les paysans laissaient leurs chevaux après avoir déchargé les légumes au marché. C'était notre terrain de jeu. J'avais constamment dans le nez l'odeur du fumier. Sous mes yeux des rangées de fourmis vaquant à leurs occupations et autour de ma tête des papillons et des libellules. La musique des mouches au-dessus des blessures des chevaux. Tout un monde grouillant mais si chaleureux pour ceux qui y sont sensibles.

Nous vivions presque en vase clos dans une petite ville entourée de montagnes bleues. La mer, au loin. L'impression de vivre dans une peinture naïve.

Chaque jeudi durant toute
mon enfance, à mon retour de
l'école, je mange une bonne
mangue juteuse et parfumée
puis je lance mon cerf-volant dans le ciel de Petit-Goâve
en attendant le passage
du petit avion jaune qui
me signale qu'il y a une vie
par-delà les montagnes.

Vers d'autres rives

Chaque matin ma grand-mère se lève avant tout le monde. Elle reste debout un moment dans la pénombre. Puis je l'entends ranger la vaisselle dans la cuisine. Enfin elle sort dans le jardin. C'est là qu'elle veut voir le jour se lever. Elle touche chaque plante tout en lui parlant à voix basse. Un doux murmure. Une fois je lui ai demandé ce qu'elle disait aux fleurs elle me répondit que c'était sa façon de prier.

LABASTERE
1880-1941
Épouse
AMALIA

Ma maison est juste en bas, près de la mer. Je regarde ces deux femmes grimper la montagne. Elles habitent de l'autre côté. D'où leur vient une telle grâce ?

Des pêcheurs ont trouvé ce matin en
rentrant une jeune femme noyée sur la
plage. On ne la connait pas à Petit-Bodue.
Elle semblait endormie.
Depuis la ville est en
ébullition.

Après le cyclone Flora, 1963

Il a plu durant des journées entières et l'eau a envahi les pièces du rez de chaussée. On a passé la nuit dans le grenier. Le matin au réveil je suis descendu dans la ... même où je suis devenu une plante.

Pour vivre sous l'eau je suis devenu une plante.

Cette sensation étrange quand on passe près
du cimetière de savoir qu'on y sera un jour.
C'est encore plus angoissant le dimanche matin
car l'église est juste derrière cachée par
les arbres si verts et pleins de vie.

Les canards

Un monde animal si familier

Naréus a donné un couple de canards à Da il y a quelques années et elle en prend soin. Aujourd'hui on en a une cinquantaine qui se baladent dans les environs de mare à mare. Tout le plaisir de Da c'est de les voir rentrer le soir à la queue leu leu, jusqu'aux plus petits toujours à traîner en chemin. La différence entre Naréus et Da c'est que Naréus mange ses canards avec ses amis alcooliques et Da, point. Les canards de Da ont cet air serein que n'ont pas les autres qui anticipent leur destin tragique. Il arrive parfois qu'un alcoolique mange un canard de Da et la punition tombe comme un couperet : il est privé de café pendant un mois. Disgrâce temporaire mais s'il refait le coup c'est le déshonneur. Il arrive même qu'on lui ramène un petit canard rendu trop loin de sa famille. Tout Petit-Goâve prend soin des canards sacrés.

Il y a toujours ce vieux canard qui, chaque matin vient dire à Da la date de sa mort et Da qui fait semblant de ne pas comprendre, ce qui le vexe. Il s'en va avec des coin-coin sonores et furieux.

Le chien Marquis

J'ai pas vu arriver Marquis. Il était là un matin. Maigre avec de grands yeux noirs. On lui a donné à manger et on a attendu qu'il s'en aille. Il avait décidé que c'est ici qu'il allait vivre. De plus il avait choisi de dormir sur mes jambes la nuit. Au début je faisais des rêves où je n'arrivais pas à bouger jusqu'à ce que j'ai compris qu'il en était la cause. Depuis je le retrouve souvent dans mes rêves marchant à mes côtés. Da est plus rassurée quand je pars en vadrouille avec Marquis. Il a eu un accident de voiture et depuis il boite. Une fois je ne l'ai pas vu à mon réveil. On l'a cherché partout en vain. Les gens disaient qu'ils l'avaient aperçu quelque part mais c'était toujours une fausse alerte. Un jour, ou plutôt une nuit je sentis que mes jambes s'alourdissaient dans mon rêve, je me suis réveillé en sueur et en joie. C'était Marquis.

La mer

La mer, toujours là, à moins de cent mètres, gorgée de poissons.

Le cheval fou de Rodriguès

Rodriguès était fou d'amour d'un cheval fou. Un danger qui monte un péril disait Da. Il l'appelait Le Sultan. Il ne le montait que la nuit et passait sa journée à le brosser, le caresser, le nourrir. Pourquoi uniquement la nuit? demandait Da. C'est un cheval de nuit et il ne me laisse le monter que si je m'habille de noir. Nous ne faisons alors qu'un dans la nuit. On l'entendait passer au grand galop et Da soupirait. Un jour qu'il était venu prendre une tasse de café Da lui a glissé que la Sultane le tuerait. Je sais, Da, a-t-il murmuré. Je n'avais jamais vu un tel animal, ni aucun être vivant d'une telle beauté. Je ne connais que les mulets et les ânes couverts de blessures qu'Aginé emmenait au parc à bestiaux. Une nuit on les entendit passer au galop, puis une heure plus tard le cheval repassa devant chez nous au trot. "Oh mon Dieu!" a lancé Da. Mais le lendemain Rodriguès sirotait son café en souriant. Ah, Da, quelle nuit! fit-il.

L'Arpenteur Nathan toujours assis sur sa galerie à regarder passer les gens dans la rue. Comme Da mais lui, il n'offre pas de café.

Dans son costume de kaki blanc. Toujours droit. La nuque raide. Son bâton entre les jambes. Il peut rester sans bouger une journée entière. Sans parler aussi

les pigeons de l'Arpenteur Nathan

Dans sa cour l'arpenteur Nathan élève des pigeons la race la plus prisée à Petit-Goâve.

Dès qu'un pigeon met un pied dans le rond on tire d'un coup sec sur la corde et on ramène la corde vers nous avec le pigeon.

On pose des pièges partout dans la cour pendant que l'arpenteur fait sa sieste vers 2h de tous les après-midi d'été.

J'avais déjà rencontré quelques individus ici et là, le plus souvent près d'un pot de confiture, mais j'ai découvert cette société complexe et hargneuse, vers l'âge de six ans, en m'assoyant sur une fourmilière. Mes fesses ont tout de suite

Les fourmis

doublé de volume. Ce n'est qu'en les observant, vaquant à leurs occupations dans les fentes des briques rouges et jaunes de la galerie où Da passe ses journées entières que j'ai compris leur manière de vivre. C'est une espèce travailleuse, courtoise et disciplinée, avec un grand sens collectif. Vraisemblablement elles ne sont pas syndiquées, car elles ne prennent jamais de pause. Sur le plan esthétique elles sont assez sommairement faites, en trois morceaux : une tête, un torse assez bombé et un gros cul. La drague n'est pas de mise puisqu'elles se ressemblent toutes. Elles ont un service de brancardiers assez rapide puisqu'il suffit qu'une fourmi se blesse au travail pour qu'une demi-douzaine de fourmis l'entourent et la ramènent à la base.

Quand il pleut je passe mon temps à sauver les fourmis de la noyade.

Bon, il y a les féroces fourmis rouges, les fourmis noires un peu fofolles qui n'ont pas de destination – elles ne cessent de revenir sur leurs pas. Et les fourmis ailées qui semblent vivre au fond de la fourmilière. De temps en temps on tombe, dans un coin, sur un papillon imprudent couvert de fourmis.

Repue la fourmi s'en va à d'autres occupations.

Les crevettes

Le samedi, à l'aube, on va pêcher des crevettes à la rivière Desvignes jusqu'au bout de la rue du même nom, après la maison des Bernadotte. On pêche au panier. On plonge le panier au fond, dans les recoins boueux et on le soulève. L'eau retourne à la rivière et les crevettes restent prises dans le panier tressé.

Vers la fête

Rien, depuis pour moi, n'est comparable à cette descente vers la maison de mon ami où m'attendait la fête. Après l'école je rentrais à la maison me changer, puis je dévorais quelques bonnes mangues juteuses que je trouvais dans une cuvette blanche remplie d'eau fraîche. Je conversais un moment avec ma grand-mère avant d'enfourcher ma bicyclette rouge. C'était le rituel du vendredi soir.
...n bonheur
...tourdissant...

d'une délicatesse infinie, était la mère de mon copain. Fabien passait son temps à converser avec ses amis, à faire de la musique et surtout à peindre. Il peignait la nuit en s'éclairant d'une lampe-tempête. C'est lui qui a décoré la voûte de l'église de toutes ces guirlandes vivement colorées. Tous les adultes de ma connaissance passaient leur temps au bureau ou aux champs, et voilà que cet homme et ses amis vivaient au cœur d'une fête perpétuelle. L'impression d'être en congé sa vie durant.

la voûte de l'église Notre-Dame de Petit-Goâve.

Je me suis mis à rêver d'une vie aussi insouciante, sans quitter des yeux la fille à la robe jaune qui se tenait à la fenêtre de la maison d'en face. Comme Fabien, le père de mon ami, je voulais la musique, la peinture et l'amour. L'odeur trop forte du tafia suffisait à m'étourdir.

Si je pouvais être ce cerf-volant pour m'approcher si près de Vava.

Va Va

Une enfance lumineuse

Il habitait la rue Desvignes, celle qui continue jusqu'à la rivière du même nom. J'avais peut-être sept ou huit ans à l'époque, et j'étais l'ami de son fils. Fabien dormait le jour, se levait tard l'après-midi, faisait un brin de toilette et sortait sa guitare de l'armoire. Il allait s'asseoir ensuite sous le manguier pour fredonner des chansons cubaines.

Sa femme dansait tout en préparant le souper pendant que son fils et moi faisions nos devoirs. Un peu plus tard, ses amis franchissaient, en sautillant, la petite barrière verte. Ils mangeaient des grillades et buvaient du tafia, une eau-de-vie de mauvaise qualité, sur de tristes ballades de Javier Solís.

J'ai appris plus tard que Fabien, qui était le fils d'une importante famille de la ville, s'était retrouvé dans cette maisonnette de la rue Desvignes parce qu'il avait épousé, malgré l'interdiction paternelle, une paysanne. Cette paysanne, une femme amoureuse qui l'a rendu heureux.

La pintade de Papa Doc

La pintade m'a fasciné. Sa forme est étrange. Un long cou, une petite tête toujours en mouvement. Elle est si méfiante que Papa Doc, le dictateur en a fait l'oiseau emblématique de son gouvernement. On n'arrive pas à bien comprendre où elle va tant elle se retourne pour voir si on ne la suit pas. Tout le corps est assez dodu et son plumage est très chatoyant. Je passais des heures à l'épier et à noter ses faits et gestes. J'ai même tenu un journal de ses allées et venues. En effet elle vient sans cesse, à vous donner le tournis. Il faut le dire: sa tête est moche avec ses lambeaux de chair rouge qui se baladent sur son visage étroit. et lourdement disproportionné par rapport au reste du corps

Demain j'irai rejoindre ma mère à Port-au-Prince. Les temps ont changé, dit Da.

Méfiants, comme la pintade à quoi ils ressemblent les tontons macoutes patrouillent la ville à la recherche de résistants au pouvoir de Papa Doc. On ne leur offre pas de café en signe d'opposition. Moi j'enregistre chacun de leurs visages, chacun de leurs gestes. On se tient plus droit que d'habitude. C'est la dernière image que j'emporte de Petit-Goâve.

La première fois que j'ai vu mon cousin sortir d'un trou noir un gros crabe jaune et poilu qu'il tenait dans sa main j'ai eu un choc. Je fus plus impressionné encore quand j'ai compris que c'était le cra- be qui le tenait par les pinces. Ses pinces poilues et tran- chantes. Mon cousin m'a expliqué que ce n'était pas si difficile d'attraper "un de ces gros idiots de crabes jaunes", il suffisait d'accepter qu'il allait vous pincer. Si on s'y attend ça ne fait pas trop mal, sûrement moins que ce qui va lui arri- ver quand il sera plongé dans l'eau bouillante. J'aime pas trop tuer mais j'aime bien cette manière de s'expo- ser un peu aussi. Quand il vous pince, le crabe s'y accroche, ça doit lui faire une petite jouissance.

La pêche au crabe

Mon oncle Borno aimait bien les com- bats de coqs. Il y allait chaque samedi, avait une fiole de tafia dans la poche. Il prend une gorgée d'alcool et aspergea la tête du coq qui brusquement se réveil- la. Il en profite pour boire un coup. Il s'ar- rêta en chemin, se fit remplir la bouteille dans une épicerie et continue le manè- ge. Une gorgée de tafia, en souffla un peu sur la tête du coq et en but le reste jusqu'à ce qu'il arrivât fin soûl à destination. Il revint vers le tard de l'après-mi avec un coq rudement déplumé et une démarche chan- celante. Da se contenta de secouer la tête.

Le coq de Borno

Il y a eu des périodes de chat à Petit-Goâve. Chacun avait son chat, du moins dans la bourgeoisie. On rencontrait plus de gros matous à la Hatte, le quartier huppé à l'entrée de ville, juste au pied du morne Tapion. Et des périodes plus longues où les rares survivants restaient cloîtrés à la maison. Le génocide des chats a coïncidé avec l'un des sommets d'alcoolisme de la ville. Pour dire les choses plus brutalement l'alcoolique raffole du chat. C'est une longtemps tenue secrète, car on rencontre des alcooliques nouvelle même dans la bourgeoisie. Chacun boit selon ses moyens mais tous mangent du chat.

Le chat et les alcooliques

Le chat de Madame Ti-Jean fut l'un des derniers à tomber sur le front nord de cette guerre nocturne. Il fut attrapé par Dinasse un des chef de file de la nouvelle génération d'alcooliques, celle qui a succédé à la grande époque des Loulou David et Batichon père. Le chat fut attrapé, tué et mangé avec un assaisonnement de tafia, piment bouc, et feuilles de papaye pour attendrir la chair. Tout cela est fait suivant un rituel qui rappelle certains de la franc-maçonnerie. C'était l'erreur. Madame Ti-Jean a dénoncé les francs-maçons. L'affaire n'a pas eu de suite car les francs-maçons sont influents à Petit-Goâve depuis l'époque coloniale si l'on croit l'historien Moreau de Saint-Méry dans sa très belle "Description topographique, physique, civile, politique et historique de la partie française de l'isle de Saint-Domingue mais la mort de la chatte Flora mit une fin à cette pratique. (Flora cachée dans l'herbe haute avant d'être attrapée.)

Ah voici mon ami Vieux Os, il n'a peur de rien... Vieux Os c'est Vava, ma cousine Vava... Ma tante adore danser. Elle s'est mariée avec cet homme pour qu'il la fasse danser. On va pêcher en attendant que les autres arrivent...

La pensation de voler

la Fête

Le portrait

La veille de mon départ pour Port-au-Prince Fabien, le père de mon ami m'a fait asseoir sous un bananier pour me peindre le portrait en cinq minutes, comme s'il se doutait que j'étais assis sur une fourmilière. Pas une morsure pourtant. Les fourmis m'ont reconnu comme un membre de la tribu.

Couché dans l'herbe haute à regarder le ciel

Une des étoiles se nomme sûrement Vava

vers d'autres rives

Dans l'œil du peintre primitif

Je passais mes après-midi
à analyser en détail cette photo,
la seule où je vois mon père
et ma mère ensemble. Les
autres photos de mon père, ma
mère les a cachées dans la
vieille armoire près du lit.
Elle trouve que je fais une obsession sur mon père. Il
est parti en exil quand j'avais quatre ans. Cela m'a pris
du temps à comprendre que c'est ma mère en fait qui
n'arrive pas à se défaire de mon père afin de refaire sa vie
comme tout le monde le lui conseille. Ma mère selon son
humeur déteste ou adore cette photo. Elle trouve sa tête trop grosse par rapport à mon père. En fait c'est sa
coiffure qui est trop compliquée. Elle remarque
que mon père fait plus jeune qu'elle. La seule chose
qu'elle aime en tout temps c'est le fait que la photo soit
en noir et blanc. Comme ça elle ne change pas de couleur
et ainsi le temps se fige.

On passait
nos soirées au
lit. Ma mère con-
centrée sur son mal de tête et moi rêvant à mille choses indistinctes. Des images fulgurantes.

Les marines de Viard

J'adorais lire sous le divan.

Au salon on trouve juste au-dessus d'un divan rouge une marine de Viard. J'ai toujours vu ce tableau à cette place. Je me m'y suis vraiment intéressé que quand j'ai remarqué le même tableau, avec de légères variantes, chez tous mes amis. La mère de l'un d'eux m'expliqua que si le sujet est toujours pareil, ce n'est pas forcément le même tableau. C'est que Viard ne peignit que des bateaux. Je découvris qu'il y avait des bateaux tranquillement ancrés au port, des bateaux affrontant de terribles tempêtes près du golfe de la Bonâve, des bateaux voguant en pleine mer. J'avais un camarade de classe qui ne dessinait que des avions, mais cette obsession n'avait duré qu'une saison.

Peindre des bateaux toute sa vie était un mystère pour moi qui changeais sans cesse d'univers. Une fois j'ai vu un bateau dont le pont touchait le bord du tableau. Il suffisait d'enjamber le cadre pour filer vers un monde inconnu. Mais les nuages menaçants et l'éclair qui striait le ciel m'ont dissuadé de partir ce jour-là. Je suis retourné chez ma grand-mère juste à temps pour le souper. À cette époque je passais sans sourciller d'un monde à l'autre.

Le coq de Wilson Bigaud

Je suis allé à Vialet, un bourg à une demi-heure à bicyclette de Petit-Goâve. J'avais 10 ans et étrennais mon premier pantalon long. Mon oncle Jean supervisait là-bas une petite usine qui alimentait toute la région en électricité. Dès mon arrivée, il m'emmenait au marché avec lui. Je le voyais jeter dans mon sac en jute des légumes, des fruits, des noix de coco, des poissons gigotant encore, de la viande saignante enveloppée dans un journal, de l'huile et du sel. Les marchandes le taquinaient sur tout le parcours, lui demandant en riant s'il était trop pingre pour employer une cuisinière, mais attendries, elles finissaient par lui en donner un peu plus pour son argent. Mon oncle Jean s'arrêtait toujours devant cet homme qui parlait à un coq qu'il tenait parfois sous le bras, d'autrefois en face de lui. Le coq semblait le comprendre car il hochait la tête en le regardant. Mon oncle voulait lui dire quelque chose mais l'autre était trop passionné par son coq pour même le remarquer. Finalement on le quitta et mon oncle Jean me glissa à l'oreille que c'était Wilson Bigaud, un peintre dont un des tableaux venait d'être acheté à prix d'or par un musée américain.

Est-il fou ? ai-je fini par demander ? Son esprit voyage, paraît-il dans des zones interdites afin de nous ramener des images inédites. On le croit ici alors qu'il est ailleurs (une interprétation toute personnelle du Paradis terrestre de Wilson Bigaud - collection permanente du MoMa, New York).

Il fonda le Centre d'Art en 1944. La peinture est aujourd'hui en Haïti un art aussi populaire que le football.

CENTRE D'ART

Dewitt Peters
le rassembleur

Jasmin Joseph le Mariage d'Adam et Ève
extrait, collection personnelle

Dewitt Peters, un Américain arrivé en Haïti dans les années quarante comme professeur d'anglais, eut l'idée de réunir quelques peintres dans un lieu unique. Il envoya une note au quotidien le Nouvelliste disant qu'il serait intéressé par une rencontre avec des artistes locaux. Rigaud Benoit, un chauffeur de taxi, arriva le premier avec un petit tableau intitulé Chauffeur de taxi. C'est étonnant que le premier tableau à entrer au Centre d'art de Port-au-Prince ait été un autoportrait. Ensuite vint le modeste Jasmin Joseph (Rigaud Benoit, malade ce jour-là, était resté chez lui). Son caractère doux eut une influence sur les animaux qu'il peignit.

Ses lions ont l'air si insouciants qu'on se demande s'ils se doutent de leur propre férocité. Il se trouve que Rigaud Benoît est le meilleur ami de Jasmin Joseph. Autant le premier est extravagant, autant le second est discret. Je n'ai jamais vu l'un sans l'autre, ni sans leurs chapeaux. Plus tard le fracassant Robert Saint-Brice créera l'effroi avec ses terribles tableaux montrant des têtes sans corps participant à des cérémonies dont on ignore les règles comme la finalité.

Peters voyagea ensuite dans tout le pays à la recherche de nouveaux peintres, d'esprits libres dont il espérait avec de pareilles énergies renouveler cet art un peu vieilli. Sur la route de Saint-Marc il remarqua une porte peinte par un homme mystérieux, qui était en fait un prêtre vaudou. C'était Hector Hyppolite.

Une jeune danseuse Rigaud Benoît, 1960

Ce peintre qui faisait apparaître un monde secret sur les murs de son temple allait fasciner les surréalistes, Breton en tête.

J'ai un goût pour les poètes tristes, semble-t-il.
Autant j'aime les peintres colorés. Cela fait un
monde équilibré. Roussan Camille était un dandy,
un alcoolique et un désespéré. Il séduisait les hom-
mes, les femmes et Fidel Castro qui l'admirait assez
pour lui permettre de boire à l'œil dans tous les bars
de la Havane. Le voilà cette nuit-là face à la mort.
Ce fut son plus beau chant. Nuit d'hôpital.

le dandy face à la mort

Ô jungle contenue rien que dans l'embrasure.
Ce sablier si fier aux heures de grand soleil
N'est plus qu'une bête d'horreur dans la nuit
et qui galope, se rue, galope encore.
pour ne point bouger de mon cauchemar.
Notre-Dame des fièvres, grande dame des angoisses
ayez pitié des pensées qui s'affolent dans la nuit.

Et voici que tous les arbres,
dont la parure attendrit la lumière,
dont la forme anoblit l'espace
Voici que tous les arbres
contenus dans l'embrasure
sont des monstres grouillant
contre les continents des nuages
en marche vers ma solitude.
Notre-dame des soucis
regardez ceux qui ne dorment pas.

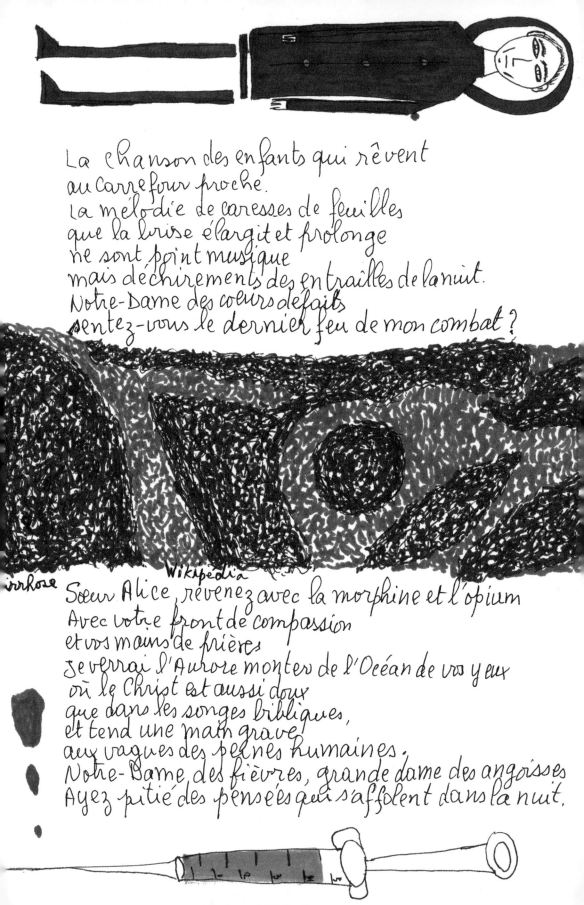

La chanson des enfants qui rêvent
au carrefour proche.
La mélodie de caresses de feuilles
que la brise élargit et prolonge
ne sont point musique
mais déchirements des entrailles de la nuit.
Notre-Dame des cœurs défaits
sentez-vous le dernier feu de mon combat ?

Sœur Alice, revenez avec la morphine et l'opium
Avec votre front de compassion
et vos mains de prières
Je verrai l'Aurore monter de l'Océan de vos yeux
où le Christ est aussi doux
que dans les songes bibliques,
et tend une main grave
aux vagues des peines humaines.
Notre-Dame des fièvres, grande dame des angoisses
Ayez pitié des pensées qui s'affolent dans la nuit.

Femme nue avec oiseaux   HH   une interprétation bleue

Dans le cimetière de Croix-des-Bouquets, Peters découvrit les lourdes croix de Georges Liautaud. Ce dernier ne comprenait pas pourquoi Peters refusait d'accepter qu'il n'était qu'un forgeron. Sans un cimetière, un forgeron est mieux vu qu'un artiste. Liautaud accepta finalement de faire des croix sans tombe. Voilà comment démarra cette fabuleuse aventure artistique qui me fit voir le pays à travers l'œil du peintre primitif.

C'est style dépouillé a fait connaître Liautaud dans le monde.

le balayeur

Castera Bazile
(1923 - 1966)

Il fut engagé comme balayeur au Centre d'Art mais changea rapidement son balai pour un pinceau.

Il a peint aussi le baptême de Jésus à la Cathédrale de Sainte Trinité Port-au-Prince, Haïti

L'homme au cigare

Cet homme affable, cultivé, avec un gros cigare toujours
fiché au coin de la bouche, dirigeait depuis mon adolescence
le vieux quotidien de la rue du Centre. Lucien Montas m'a
reçu dans son bureau encombré d'objets hétéroclites
(tableaux, sculptures, pipes, journaux). Il termina tranquillement la lecture d'un article avant de l'envoyer aux
presses. Je lui proposai de faire quelques portraits
de peintres. Il se contenta d'un seul conseil : " Des
phrases courtes et pas de littérature." La poitrine gon-
flée d'orgueil je m'élançai dans les rues poussié-
reuses de Port-au-Prince. La tâche (un texte sobre)
m'apparut tout de suite plus difficile que je ne l'
imaginais, car à 19 ans on a surtout envie de se faire
admirer pour sa vaste culture. J'apprenais à écrire
sous l'œil sévère d'un maître qui détestait l'esbrou-
fe. De temps en temps, n'y tenant plus, je laissai
filer la métaphore, mais l'article sera vite nettoyé
de sa gangue! Avec le temps, j'ai compris que Montas m'apprenait à faire la différence entre la littérature et le style.

J'ai rencontré Tiga et Maud Robart après une conférence sur l'art en Haïti. C'était à Port-au-Prince au début des années 1970. Ils venaient de déménager à Soissons-la-Montagne où ils tentaient de fonder une école aussi importante que celle du Centre d'art. Ils ont invité à participer à cette fête des couleurs les gens du peuple dont la plupart sont des paysans du coin, des ouvriers (maçons, charpentiers) et une cuisinière Louisiane Saint-Fleurant. Je me souviens de ma première visite dans cette maison ensoleillée. Tiga, comme toujours habillé de blanc. Maud Robart resplendissante. Louisiane aux fourneaux. De temps en temps elle se réfugiait dans une petite pièce pour peind[re] ses toiles si colorées.

La cuisinière

Louisiane St-Fleurant
88

adaptation

Ce jour-là on a mangé du riz blanc et du riz djondjon. Des légumes : carotte, aubergine, igname, malanga, banane verte, avocat, tomate. Viande : boeuf, cabrit, poulet. Fruits : mangue, ananas.

Cette nouvelle école - Saint-Soleil - impressionna
tant Malraux que même malade, il a fait le voyage
pour rencontrer les peintres - paysans que Tiga a
réunis dans ce village de Soissons - la - Montagne. Ils ont
décoré avec tant de grâces mystiques le petit cimetière du coin que Malraux a cru qu'ils pourraient le faire
passer sans douleur au pays sans chapeau. Si on
dit "pays sans chapeau" c'est parce qu'on n'a jamais
enterré un mort avec son chapeau. Ainsi la seule
observation sans morale sur le passage d'un monde
à un autre vient d'Haïti.

Tiga dont la
philosophie
se résume
à trois doigts
pointés vers
le haut.

Malraux dansant sur les images d'œuvres d'art du
monde entier. En effaçant les frontières il inventa
le musée imaginaire. Et en intégrant la produc-
tion de Saint-Soleil dans son dernier ouvrage L'In-
temporel, il lui ouvrit les portes des musées du
monde entier. C'est ainsi que ces paysans se
mirent à parcourir la planète pour dire leur
vision du monde. Un monde à la fois mystique, réel
et coloré.

Le fils de la cuisinière
Louisiane Saint-Fleurant

Stevenson
Magloire (1963-
1994) est mort
assassiné par
les sbires du
pouvoir.

Je suis allé au Centre d'art, un jeudi, pour trouver assis dans le coin où je l'ai quitté il y a des années, l'immuable Jasmin Joseph. Il me parla longuement de Salnave Philippe-Auguste, un juge qui peint des jungles pareilles à celles du Douanier Rousseau. Le lendemain j'étais chez lui. Il m'a reçu dans sa minuscule galerie grillagée comme une volière. Il s'apprêtait à partir pour Saint-Marc, sa ville natale. Il se rassit et déroula devant moi, comme s'il s'agissait de celle d'un autre, une vie sans aventure. Il n'a consenti à peindre que parce que le métier de juge ne lui permettait pas de nourrir sa famille. Aucun des

Le juge qui peint des jungles

des peintres croisés au fil des années ne m'a parlé d'art. Il y a tellement de fantaisie dans les jungles de Salnave Philippe-Auguste que j'ai eu du mal à croire qu'il faisait ça uniquement pour l'argent. L'argent est un bon moteur pour traverser l'autoroute de la vie, m'avait dit mon oncle Jean un dimanche après-midi.

En fait ce tableau n'est pas le genre de Philippe-
Auguste. Sa spécialité ce sont les jungles flamboyantes.
Cette fantaisie (le fait de voir une femme en Adam.)
m'a étonné de sa part. Ce juge sévère qui ne peignait
que pour l'argent cachait une nature énigmatique.
Simon voici son genre.

Cette jungle rassemble peut-être les éléments de la faune et de la flore de Saljave Philippe-Auguste, mais ce n'
est pas son style. Son style est plus géométrique et subtile-
ment plus sombre. La question reste : pourquoi peindre une
faune qui n'existe pas en Haïti ? Les peintres primitifs ne se
donnent pas de frontières. Afin de garder le peintre avec
moi, je sortis de ma poche une carte postale illus-
trée par une de ses jungles qu'un ami m'avait
envoyée d'Allemagne. Il la regarda attentivement, sans
émotion, avant de lâcher : "mais je n'ai signé aucun con-
trat, ils doivent me payer." Et sans demander mon avis
le juge, furieux, glissa la carte dans sa petite valise de cuir
usé, me serra la main, et partit.

Préfête Duffaut

MARCHÉ ROUGE

Les faux de Duffaut

Un journaliste des pages culturelles accepta de m'accompagner au grand marché public du bas de la ville où Duffaut avait établi son studio dans une galerie où il ne vendait que ses toiles. Pour lui, l'art devait d'abord rapporter de l'argent. On s'installa dans un coin de la pièce et il me raconta sa légende : " Je viens de Jacmel, une ville protégée par la Vierge. Un jour, j'ai fait un rêve mystique où la Vierge me conseilla de devenir peintre. À mon réveil, malgré le fait que je n'avais jamais tenu un seul pinceau de ma vie je me mis à peindre." Il sourit, content de son récit. Il l'a raconté des milliers de fois. Un homme, une histoire, un tableau. Il n'a peint sa vie durant qu'un seul tableau : une ville suspendue. Vide d'abord. Puis avec des gens. Enfin une ville-oiseau. Est-ce vrai ce rêve qu'il ressasse ? Duffaut n'a que faire du vrai ou du faux qu'il malaxe pour créer des œuvres vivantes. Il peint ce qu'il voit dans son sommeil. D'où l'impression de faire un voyage hors du temps quand on se tient devant un tableau de ces peintres dits primitifs. Allez en Haïti, c'est le moment car il n'y a pas de moment sans risque pour vivre.

L'univers du peintre Préfète Duffaut

c'est la Vierge que le peintre a vue en rêve.

Deux manières opposées

J'ai fait le voyage vers le nord d'Haïti pour aller à la rencontre du peintre Philomé Obin. Il avait 94 ans, ce jour-là, et devait mourir quelques mois plus tard. J'étais arrivé à temps car il était, à part Hector Hyppolite, mort trop tôt, l'un des rares grands peintres de cette époque que je n'avais pas encore rencontré. C'est un homme à la fois austère et vif. Il m'a tout de suite fait savoir qu'il y a 8 Obin (son frère, ses enfants et petits-enfants). Ils sont tous peintres, mais qu'il était le meilleur. Il a quand même une grande considération pour son frère Sénèque et son fils Antoine. Les autres font partie de l'école Obin. C'est une école qui se dessine par une sobriété des formes, une netteté des traits, une utilisation prudente de la couleur. Tout est mesuré dans l'art d'Obin. Il préfère peindre les scènes historiques que les scènes de marché. Dans ses tableaux les rues du Cap sont propres et bien tracées et les danses de carnaval ne sont jamais lascives. C'est un distingué portraitiste qui a peint l'arrivée du président Franklin Delano Roosevelt au Cap ou la mort de Charlemagne Péralte, le héros qui s'est opposé par les armes à l'occupation américaine. Jackie Kennedy est une de ses admiratrices. Il est fier et indépendant. Il apparaît souvent dans ses toiles, assis ou debout, mais toujours droit. C'est un fils du Nord.

Robert Saint-Brice était un homme gai, souriant, heureux d'être en vie qui a fait une œuvre effrayante. On n'arriverait pas à comprendre d'où sortaient toutes ces formes torturées, tout ce monde terrible, cet univers "chargé." J'ai une amie qui avait une toile de Saint-Brice dans sa chambre. Elle faisait des cauchemars jusqu'à ce qu'elle l'enferme dans un placard. En fait on sait peu de chose de la vie de ce peintre qui est, à mes yeux, l'un des plus grands de l'art haïtien.

Philomé Obin 1892-1986
(jeune)

Robert Saint-Brice 1898-1977

Robert Saint-Brice : mon univers est plus effrayant que mes adaptations ne le montrent.

Le poète triste et rose

Je l'ai vu pour la première fois du côté de la place Saint-Alexandre, en allant à la messe avec ma mère. Recroquevillé sur des morceaux de carton, les fesses à l'air. Quand nous sommes arrivés à sa hauteur, ma mère, sans lui jeter un seul regard, me siffla : "C'est un poëte." Voulait-elle me mettre en garde contre un danger que je n'arrivais pas à comprendre ? C'était raté. Fasciné, je retournai souvent le voir, le trouvant toujours en train de marmonner de mystérieuses imprécations.

Plus tard au secondaire, je le découvris, sous un autre jour, dans mon manuel de littérature haïtienne : veste, cravate, regard vif et sourire mondain de fils de la grande bourgeoisie. Il avait décidé de quitter sa riche demeure des beaux quartiers pour venir vivre parmi le peuple, dans la boue de la place Saint-Alexandre. Sa poésie* si légère m'a tout-de-suite plu. Contrairement à ses contemporains si pesants avec leurs rêves chimériques de changer le sort du peuple, Carl Brouard (1902-1965) ne parlait que pour lui-même. Et c'est pour cela qu'il a été si facile de me retrouver en lui.

* Écrit sur du ruban rose. Port-au-Prince 1927

Doloré

Te souviens-tu du passé
de nos amours clandestines
dans une rue calme de banlieue port-au-princienne.
L'air sentait le jasmin en fleurs.
On faisait la noce sans remords.
L'on se fichait carrément de la critique des moeurs
et des faux-cols protocolaires.
Je garderai toujours la nostalgie de ce soir
de pluie.
où tu fus tellement vicieuse.

Parfois
j'avais mal à la tête
et tu me forçais à avaler
Dieu sait combien de cachets
d'aspirine.

oh
Dolorès... j'ai si
mal à la tête.

Tout en m'inondant
les cheveux et le visage de tafia camphré
Brisés d'amour
on s'assoupissait.
doucement bercés par la photo
et l'on regardait la lune,
girandole ambulante
brillant dans un ciel étoilé.

Les choses ont bien changé, ma chère
me voici devenu un peu ascète*

Élégie par Carl Brouard

*Ce n'était pas une façon de parler, croyez-moi.
Carl Brouard n'est jamais retourné dans son
confort bourgeois. Il vautrait dans la boue noire
de poussière de charbon du marché Salomon quand
ma mère l'a pointé du doigt.

C'est arrivé un après-midi à Port-au-Prince. J'étais avec un ami et on avait seize ans. Au coin de la rue on a découvert un musée. La première fois que j'ai mis les pieds dans un musée. Le conservateur était un ami de ma mère. Il m'a invité a revenir. J'y suis allé chaque jour au point de passer plus de temps dans cet univers rêvé que dans le monde réel. Un jour je suis entré dans un tableau et je m'y suis perdu. Un voyage vers d'autres rives.

L'atelier de Jean-René Jérôme

J'ai passé la journée à regarder peindre Jean-René Jérôme en buvant du café dans son atelier sur la route du sud, pas loin de Martissant, en banlieue de Port-au-Prince.

Je finis cette couche et on va manger du poisson sur la plage.

Jean-René Jérôme
Né le 17 mars 1942 à Petit-Goâve et mort à Port-au-Prince le 1 mars 1991.

Il dessine sur la toile avec beaucoup de finesse puis se met à peindre rapidement. Il peut faire un tableau en un jour. J'ai connu Jean-René Jérôme à Petit-Goâve puisqu'il est le neveu de Fabien le peintre de mon enfance. On dirait qu'il veut pénétrer dans le tableau pour en devenir un personnage.

On entend la mer pas si loin.

Gerna

Armand (1936-2008)

c'est un homme
à la fois chaleu-
reux et soli-
taire.
Il aimait se
retirer de
la foule
mondaine de
vernissages.
Je le retrou-
vais alors

sur le balcon
en train de
boire du lait.
Il souffrait
peut-être d'une
maladie dont
il ne parlait
pas.
C'était un
homme
très
secret.

Le peintre Antonio Joseph

J'aurais aimé savoir à quel moment
Antonio Joseph avait compris que
l'univers pouvait naître de la
rencontre du bleu et du vert.

Le Nouvelliste Lazard de retour au pays

Luckner Lazard 1928-1998

le retour de Lazard

Après un long séjour à l'étranger principalement à New-York, Lazard est de retour chez lui. Il s'est installé dans une bananeraie et ne prend part à aucune activité artistique.

Luckner Lazard Celebration and Dancers - w0

J'habitais avec ma mère
et ma sœur dans ce
quartier populeux
où une Buick neuve
se garait chaque
après-midi devant
la maison d'une jeune fille magnifique.
J'étais toujours à la
fenêtre à
l'observer
sur son
balcon juste
avant qu'elle des-
cende pour partir
à la plage!

TRIBUNAL
SPECIAL
DU
TRAVAIL

Cette ville à la fois cahotique et colorée, c'est la mienne. Port-au-Prince vers six heures du soir. La nuit va tomber brutalement, peut-être avant que j'arrive au bout de la rue. Je viens de terminer mon article et je descends au Nouvelliste voir Lucien Montas. C'est un homme à la fois affable et intraitable. Il vous refuse un article avec tant de courtoisie qu'on n'a pas l'impression d'avoir travaillé pour rien. Je suis sûr de le trouver à son bureau en train de fumer tranquillement tout en buvant un rhum cinq étoiles. S'il prend l'article il le glissera dans son tiroir tout en me serrant la main, sa façon de me congédier. S'il ne le prend pas il m'offrira un verre.

vers d'autres rives

Écrire à Miami

Je Tape avec un seul doigt

Je ne mange que des fruits quand j'écris un roman

Borges me regarde Toujours.

le Projet

Nous sommes au début des années 80. Je travaille dans une usine en banlieue de Montréal tout en portant un projet qui me dépasse : écrire le grand roman américain. Avant 1976 je vivais à Port-au-Prince où l'on ne rêve que d'écrire un chef d'œuvre - telle est l'influence française.

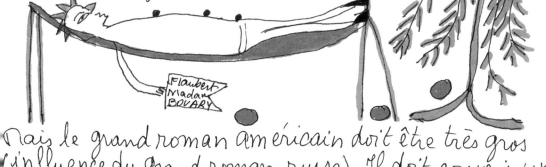

Flaubert Madame BOVARY

Mais le grand roman américain doit être très gros (influence du grand roman russe). Il doit couvrir un vaste espace ou quelques siècles. L'Amérique étant assez neuve, on se concentre sur le territoire. On jette dans cette grande chaudière un grand nombre (tout est grand) de personnages de tous âges. Puis on plonge dans le quotidien. Le roman américain ne vient pas par la fenêtre de l'inspiration, il t'attend dans la rue.

L'arrivée

Je décidai de quitter Montréal où j'ai écrit mon premier roman pour aller vivre à Miami. L'entrée aux États-Unis me fut facile du fait que j'avais pris la nationalité canadienne. Cela aurait été moins facile avec un passeport haïtien.

J'avais relu Baldwin dans l'avion. Il explique que tant qu'on est dans le sud des États-Unis un Noir ne doit jamais oublier qu'il est noir. Ce que j'avais oublié après 14 ans à Montréal. J'ai quitté Port-au-Prince en 1976 et je quitte Montréal en 1990 pour Miami. Pourquoi ? J'avais écrit un premier roman qui avait du succès et j'avais peur de devenir un écrivain célèbre avant d'être un écrivain.

Je viens écrire le grand roman américain.

— Quel est le but de votre visite ?

Dans tout autre pays une pareille réponse aurait déclenché une avalanche de questions. Ici c'était une réponse comme une autre.

la célébrité

La célébrité est une valeur américaine. Elle consiste à déplacer la direction du regard. On vous regarde. Vous passez votre temps à éviter le regard des autres. En un rien de temps vous perdez deux qualités pour un écrivain : la capacité d'observer et le droit au silence. S'il veut voir il ne faut pas qu'il soit vu. Alors que dès qu'il arrive quelque part, il est tout de suite repéré. On ne lui raconte plus d'histoires. ("Vous pourrez faire un grand roman avec l'histoire de ma vie, monsieur.") Aujourd'hui on lui demande ce que ça lui fait d'être célèbre. Un étoile est un astre mort qui continue à briller.

Cela prend un temps avant de comprendre qu'ils ont commandé la même bouteille que toi.

La célébrité

C'est de

boire

en synchro

le modèle original

Miami : un cercueil ou un berceau

Il y a bien deux groupes de gens qui se croisent à Miami sans se voir. Les vieux qui viennent du nord chassés par le froid et les jeunes qui viennent du sud poursuivis par une misère rugissante, de scandaleuses dictatures et un chômage endémique. Les vieux nordistes viennent y mourir au chaud. Ce qui fait que dans certaines parties de la ville on entend souvent les sirènes des ambulances alors que les sirènes des rutilantes voitures de police (tout est neuf à Miami) rythment la vie quotidienne des quartiers pauvres.

c'est là que je voulais être. Dans cette chambre minuscule avec une fenêtre qui donne sur un bananier. Ce bananier me rappelle que Basho a vécu un temps sous un bananier, et a pris le nom de l'arbre, Basho. J'annule ici le temps pour permettre à l'époque d'entrer doucement dans la pièce. La feuille jaune c'est toute mon enfance. J'ai décidé de l'évoquer. Une ville n'est pas seulement une accumulation d'immeubles et de gens. C'est aussi un oiseau qui traverse notre champ de vision ou un arbre dans l'encadrement d'une fenêtre. Niami ne me plaît pas, et c'est pourquoi elle est à mes yeux le lieu rêvé pour écrire. Quand je suis dans cette pièce seul à écrire ou à rêver je ne ressens aucun regret. Je peux rester ici sans sortir pendant

la Chambre

une semaine.

Je retrouve la jours au même je ferme les retrouver intérieur. doux, rond né'e est ryth- allées et venues mère qui se lentement remplir sa Durant les passées à Js'ai quitté que pour aller

ville tou- point. Alors yeux pour mon cinéma un monde ou la jour- mée par les de ma grand- déplace pour aller cafétière. douze années Niami, je ma chambre -au super

marché acheter des fruits et légumes ou pour filer à Montréal, à Paris ou à Bamako dans le sillage d'un nouveau livre. Mais je ralentis parce que écrire demande du temps, un temps où l'on ne pense pas à écrire. Je m'accoude alors à la fenêtre et je regarde pendant des heures la feuille de bananier jusqu'à retrouver la joie de l'enfance.

Ma famille (mes filles)

La maison se vide le matin me laissant seul.
Mes trois filles partent d'abord à l'école tout près.
Ma fille aînée traverse la rue pour se retrouver à la
Hammocks middle school. Les deux autres longent
un petit lac artificiel pour aller au Oliver Hoover elemen-
tary school. De la fenêtre je les regarde partir.

Melissa, ma fille
aînée rêve d'aller à
l'école sur un voilier.

Alex   sarah

Ma fille aînée est née à New York.
Le jour de sa naissance le Daily News annonçait: New York
bout à 108 degrés. Les deux autres sont nées à Montréal.
Chacune tente de s'adapter, à sa façon, à Miami. Alex
a placé dans sa chambre un petit tableau de Tanobe qui
montre Montréal sous la neige. Elle était nostalgique de la
neige. Et Sarah qui m'a raconté cette histoire après
son premier jour d'école.
- Papa, tu sais, tous les amis
  ont changé de nom dans ma
  classe. Jean-François est devenu
  John, Céline s'appelle maintenant
  Tiffany. Et même Marie a changé son nom pour Joan. Je les ai
  tous reconnus.
- Tu sais, chérie, tu vas jouer
  avec eux en les appelant par leurs
  nouveaux noms.
- Mais je peux garder le mien.
- Bien sûr, ma chérie.

d'après Tanobe

Ma femme est un de ces êtres calmes qui passent leur vie à bouger. Elle est née à Port-au-Prince. Elle a fait ses études à New York. Elle a travaillé comme visiting nurse à Manhattan avant de venir me retrouver à Montréal où elle a travaillé à l'hôpital juif. La voilà aujourd'hui où elle doit apprendre à conduire et à parler espagnol pour pouvoir travailler. Miami est une immense ville sans métro et l'espagnol est la première langue, avant l'anglais et le créole. Elle apprend les deux en même temps ce qui la rend presque folle. Elle travaille principalement dans le quartier de Coral Gable et à Little Havana. Comme elle a le teint très clair, on n'hésite pas à vilipender les Noirs de Miami en sa présence. Elle fait son travail. On la félicite. Elle glisse en partant, sans se retourner, qu'elle est Noire.

Ma femme

Ces histoires se passent beaucoup plus à Coral Gables qu'à Little Havana. Mais beaucoup de cubains riches habitent à Coral Gables. D'où ces maisons qui ressemblent à des haciendas. C'est courant de voir ces statues noires à l'entrée.

— Ça fait la quatrième fois que je passe ici, et j'avais pas vu le nom de la rue.

maggie

Trousse médicale

Majorca avenue

L'une des difficultés de quelqu'un qui commence à conduire c'est de chercher une adresse dans un quartier riche. Il y a toujours cette pointe d'originalité. À Coral Gables le nom des rues se trouvent souvent par terre sur une fausse roche.

CARIBBEAN MARKET

libreri MAPOU

CITY ENTERPRISE

TPS TAX

BEAUTY SALON

INTER 95

NORTH INTERSTATE

WC

tante Ninine

tante Raymonde

Mes tantes à little Haïti

Tante Raymonde est la première des sœurs Nelson à partir à l'étranger. Son choix c'était New York comme la grande majorité des Haïtiens. Mais Miami offrait du travail dans le milieu hospitalier. Les Haïtiens ne formaient pas encore une communauté. "C'était chacun pour soi" m'a dit tante Ninine arrivée quelques années après sa sœur. Tante Raymonde a fait venir Tante Ninine parce qu'elle souffrait beaucoup de solitude. De plus elle sentait que son français s'effritait. Elle n'avait pas d'amis haïtiens. Tante Ninine dit que Raymonde est une "aventurière". Elle a plongé la tête la première dans la culture américaine. Elle écoutait la télé dès qu'elle arrivait à la maison, lisait les journaux américains et parlait à quiconque qu'elle croisait sur son chemin. En trois mois, elle parlait correctement et avec entrain l'anglais, et émaillait de plus en plus son français d'anglicismes. Trois ans plus tard le français était en sérieuse difficulté. Et le créole ? On ne perd pas sa langue maternelle" me lance-t-elle avec un air de défi. "Je n'ai pas fait venir Ninine pour travailler, mais pour sauver le français". Tante Ninine me fait un clin d'œil.

C'est ainsi chaque semaine. Je descends à Little Haïti pour passer une heure à écouter tante Raymonde. J'écoute tandis que tante Ninine regarde les gens passer dans la rue. Cela fait trois semaines qu'elle me bassine avec le sujet d'Elian Gonzalez. Elian est un jeune cubain que les garde-côtes ont trouvé en pleine mer sur un pneumatique. Les détails sont de tante Raymonde, toujours bien informée mais un peu soupe-au-lait. Sa famille à Little Havana entend le garder. Son père, encore à la Havane, le réclame. Sa mère étant morte dans l'aventure, c'est lui qui décide. La famille à Little Havana refuse de renvoyer l'enfant à "Castro". Castro c'est une des obsessions de tante Raymonde. Je soupçonne que tante a été amoureuse du jeune révolutionnaire barbu. Elle apprécie beaucoup moins l'homme qui

s'accroche au pouvoir. Même si c'est un bon chef, il ne doit pas rester trop longtemps au pouvoir. A voir la même personne chaque jour à la télé ils ont l'impression de rester immobiles. Mais elle change d'avis à propos à propos

Le jazz de tante Raymonde

tante Raymonde

tante Ninine

de Castro quand elle apprend que ce dernier a envoyé des centaines de médecins en Haïti pour soigner les pauvres et les paysans. Elle a toujours eu une petite affection pour les Cubains de Little Havana, surtout les pauvres et les noirs qui sont les pauvres des pauvres. Ce petit garçon présente deux familles, deux pays le touchent. Pour elle c'est d'abord une affaire de propagande américaine face à la propagande cubaine. Pauvre Elian, murmure-t-elle parfois. En fait c'est du théâtre pour eux tous et une tragédie pour l'enfant qui a perdu sa mère et qui vit loin de son père. Mais le vrai débat sur lequel elle revient toujours, c'est le fait que les réfugiés cubains sont toujours bien accueillis et les réfugiés haïtiens jetés en prison dès qu' ils arrivent à terre. On les cueille en pleine mer. "Pourquoi ? Oh Babylone, trois fois Babylone... "

Une visite à la librairie Mapou

LIBRERI MAPOU

"Ce n'est pas à vendre."

Livre des Proverbes créoles 3333 proverbes

"C'est combien le livre des proverbes ?"

À force d'être assis dans sa librairie Mapou est devenu un livre. Il a depuis longtemps compris que le café était lié à la lecture. Des étudiants, des ménagères, des cyclistes, des chômeurs, des exilés, des poètes, des sportifs le visitent.

La justice américaine vient de donner raison au père d'Elian.

VIDEO NEWS

Elian Gonzalez doit retourner à Cuba où se trouve son père.

BREAKING NEWS

Little Havana inquiète

Qu'est-ce qui va se passer ? Rien.

Don Pedro

Camilo Estevez

Moi, je ne bois plus.

Moi, je bois pour les mêmes raisons

Pas un chat dans les rues même à Caffe Demo

South West 8th Street

HAVANA

EL PUB

TAXI

Soudain un matin, à l'aube des soldats américains s'emparent d'Elian.

PLT

LITTLE HAVANA
Fait appel à tous citoyens de Miami pour l'aider à obtenir justice.
Elian est déjà CUBA !

Elian

Castro

Little Haïti et little Havana

Pendant ce temps les Haïtiens arrivent, dans d'affreuses conditions, sur les côtes de la Floride.

Le bateau après tant de risques (faim, soif, vents mauvais requins) est arrivé en Floride sous l'œil vigilant de la gardé cotière américaine qui s'empresse de parquer les passagers dans un camp de détention: le Krome Center. Il y a bien longtemps un jeune poète de vingt ans avait exprimé le rêve doré d'une ville magique.

Omabarigore

Omabarigore la ville que j'ai créée pour toi
en prenant la mer dans mes bras
et les paysages autour de ma tête
Toutes les plantes sont ivres et portent leur printemps
sur leur tige que les vents bâillonnent
Au milieu des forêts qui résonnent de nos sens
Des arbres sont debout qui connaissent nos secrets
Toutes les portes s'ouvrent par la puissance de tes rêves
chaque musicien a tes sens comme instrument
Et la nuit en collier autour de la danse
Car nous a marrions les orages
Aux bras des ordures de cuisine
La douleur tombe comme les murs de Jéricho
Les portes s'ouvrent par ta seule puissance d'amour
Omabarigore où sonnent
Toutes les cloches de l'amour et de la vie
La carte s'éclaire comme ce visage que j'aime
Deux miroirs recueillant les larmes du passé
Et le peuple de l'aube assiégeant nos regards.

Idem 1962

Da ou tige

KROME DETENTION CENTER

J'ai appris qu'il y a un peintre haïtien au centre Krome depuis une semaine. Les autorités du centre m'ont permis de voir les tableaux du peintre qui racontent son voyage. Il les expose dans sa chambre. Le Krome garde les réfugiés, surtout haïtiens, pendant des années.

FORTUNÉ
Auguste
peintre

AGOUÉ

Nous sommes seuls au milieu de ce bleu.

en pleine nuit

midi
la nuit fut terrible.

nous avons croisé un bateau vide.

OGOU

The Americanisation de mes filles

À part écrire tout ce qui intéresse Sarah c'est de lire. Elle passe des journées entières chez Barnes and Noble. Elle dit tout ce qui tombe sous la main : les mangas, Rick Twain, Homère. Elle lit tout ce qui parle de mythologies.

Je dois faire un examen des yeux.

Barnes & Noble Bookseller

Huckleberry Finn
Homère Ulysse
Melville Ellison
HARPER
Baldwin
Didion
LOUISA MAY
Twain
Whitman
John Gray
Allan Poe
Hawthorne

KENDALL METRO PARKS
INDIAN HAMMACKS PARK

TOWN and country

Melissa aime se promener au Centre d'achat pour se faire mouiller par le jet d'eau.

AMC CINEMA SPIDER MAN

Basket

Alex adore jouer au

Dès notre première visite à l'école l'affaire était classée. D'où venez-vous? De Montréal. Sourires. Et vous, monsieur, quel est votre pays d'origine? Haïti. Nos filles étaient dirigées vers des classes spéciales nécessitant une attention particulière. Ma fille aînée a échappé à cette voie de garage parce qu'elle est née à New York. Depuis l'arrivée massive des réfugiés haïtiens à Miami, on parque les élèves haïtiens dans les derniers wagons du système. Et c'est presque impossible de les déloger. Même quand Alexa eu des notes la classant parmi les élèves doués de toute l'école, cela a pris du temps avant le changement.

Le système

OLIVER HOOVER ELEMENTARY SCHOOL

Alex

BOX

lisait partout.

On nous convoqua un jour à l'école de Sarah. Réunion spéciale avec une grande partie de la direction. Après de complexes circonvolutions on a appris que Sarah. Le crime des crimes elle le faisait même à l'heure des repas. La psychologue de l'école commençait à développer une théorie à propos des enfants qui lisaient quand la sous-directrice est arrivée pour faire entendre raison à cette tablée: "Je ne vous comprends pas on dépense une fortune pour inciter les élèves à la lecture et on a une qui lit et vous la traitez comme une malade."

HAMMOCKS MIDDLE SCHOOL

HOME OF THE HURRICANES

Sarah

Un conseiller scolaire a dit à Melissa qu'elle n'était pas de "matériel universitaire". Piquée au vif, elle a passé tous ses week-end à suivre des cours de rattrapage. Elle restait plus tard le soir à faire ses devoirs jusqu'à rattraper ses camarades. C'est qu'à la fin du high school on envoie des applications dans un grand nombre d'universités afin de collectionner les acceptations. Le but c'est de mettre le plus de kilomètres possibles entre son université et la maison familiale. Interdite de quitter l'État de la floride, elle a mis 8 heures de voiture entre

The Knights

Melissa

Nous et elle.

19 78

SUNSET HIGH SCHOOL

le Tour du lac

Je suis heureux de faire le tour du lac - un petit éca fac ci d'raimer ça tout dessin.

Il m'arri- ve de corri- ger mes romans ici. J'y viens tôt le matin.

Je m'arrive de chercher la musique de la page du jour. Je pense sans cesse au rythme.

Je suis allé m'asseoir près de mon voisin en train de lire. Il était venu me voir la semaine dernière et je lui avais donné un de mes livres tra- duits en anglais. C'est ce livre qu'il était en train de lire. J'étais heureux. Tout d'un coup il m'a dit que c'était le premier livre qu'il lisait de sa vie.

la plénitude de lire...

J'ai hâte de revenir pour réune image, que je suis de producteur, d'émotions et d'images.

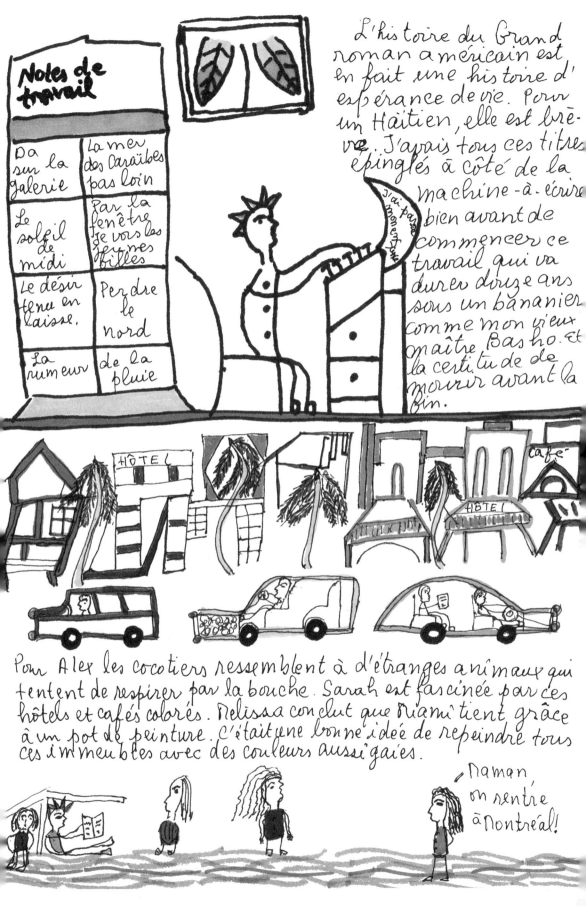

Notes de travail

Da sur la galerie	La mer des Caraïbes pas loin
Le soleil de midi	Par la fenêtre je vois les jeunes filles
Le désir tenu en laisse.	Perdre le nord
La rumeur	de la pluie

L'histoire du Grand roman américain est en fait une histoire d'espérance de vie. Pour un Haïtien, elle est brève. J'avais tous ces titres épinglés à côté de la machine-à-écrire bien avant de commencer ce travail qui va durer douze ans sous un bananier comme mon vieux maître Basho. Et la certitude de mourir avant la fin.

Pour Alex les cocotiers ressemblent à d'étranges animaux qui tentent de respirer par la bouche. Sarah est fascinée par ces hôtels et cafés colorés. Melissa conclut que Miami tient grâce à un pot de peinture. C'était une bonne idée de repeindre tous ces immeubles avec des couleurs aussi gaies.

— Maman, on rentre à Montréal!

Miami Beach Café

Un dernier verre avec **Elmore Leonard**. C'est un homme discret qui écrit des polars maîtrisés. Son rival habite Los Angeles.

James ELLROY

maman

" Je veux écrire le plus grand roman américain."

On est plusieurs sur le coup, mon vieux. (Ah ha!)

los Angeles

Demon Dog

NOIR

1,641 miles

I-87 NORTH

TRANSPORT
MIAMI-MONTRÉAL
Pour tout déménagement
514 - 736 8322
5428

le ReTour

C'est un long voyage de retour. On a dormi à Jackson-ville, en Floride. Puis à Baltimore dans le Maryland. Chacun emmuré dans son univers.

Maggie se demande si elle trouvera une maison près d'un parc. Nelisa rêve des croissants d'Outremont. Sarah pense à ses amis laissés à Miami. Alexandra s'enveloppe dans une peine d'amour. Je revois mon arrivée à Montréal il y a 26 ans.

Montréal comme une fleur au dernier moment

SPEED LIMIT 65

Montréal

New York

Maryland

Delaware

Virginie

Caroline du nord

Caroline du sud

Georg

Florid

Miami

TRANSPORT
MIAMI-MONTREAL
Pour Tout déménagement
Appelez : 514 736 8322
≠ 5428

Le Stade Olympique

- Ah! il neige, maman, je vais vous faire l'étoile.
- C'est une toute petite neige, machérie ...
- Il y en aura d'autres ...

TAXI CO-OP

TRAS PORT
MIAMI-MONTRÉAL
Pour tout déménagem...
514 736 8322
75428

MONTRÉAL M'ATTEND

On arrive enfin à Montréal à la fois
épuisé et exalté, par la perspective
d'une nouvelle vie dans une ville
où on a déjà découvert celle du poête
Neligan.

Oscar Peterson

FESTIVAL DE JAZZ

Léonard Cohen

Monsieur Morisseau Pot

Pauline Julien

GENEAUT

Gabrielle Roy

Gaston Miron

oh, la petite neige persiste!

Quelle est ta première impression de Montréal ?
C'est la ville aux escaliers qui ressemblent à
des portées musicales

TRANSPORT
MIAMI - MONTRÉA
déménagement
Pout tout   514 736 83 22
Appelez   # 54 28

Nous sommes arrivées,
enfin. oh c'est coloré !

Né à Montréal en 1879 et mort dans la même ville en 1941.

Émile Nelligan

ce fut un grand vaisseau taillé dans l'or massif.

Soir d'hiver

Ah! comme la neige a neigé!
Ma vitre est un jardin de givre.
Ah! comme la neige a neigé!
Qu'est-ce que le spasme de vivre
À la douleur que j'ai, que j'ai.

Tous les étangs gisent gelés.
Mon âme est noire! Où vis-je? Où vais-je?
Tous ses espoirs gisent gelés.
Je suis la nouvelle Norvège
D'où les blonds ciels s'en sont allés.

Pleurez, oiseaux de février.
Au sinistre frisson des choses,
Pleurez oiseaux de février,
Pleurez mes pleurs, pleurez mes roses,
Aux branches du genévrier.

Ah! comme la neige a neigé!
Ma vitre est un jardin de givre.
Ah! comme la neige a neigé!
Qu'est-ce que le spasme de vivre
À tout l'ennui que j'ai, que j'ai...

Nous sommes arrivés dans une maison vide. La sensation d'une nouvelle vie qui s'annonce. Ça me donne envie de commencer un nouveau roman.

On décrire les chambres. Et chacune choisit là où elle voudrait vivre. Et moi là où j'aimerais écrire.

On a découvert un bouquet dans une des chambres. Sûrement notre voisine.

Une grande salle de bain, bien ensoleillée. Le centre de toutes les convoitises. Dans la baignoire un énorme canard en plastique jaune

La cuisine est petite mais c'est une maison temporaire.

On a mis des matelas par terre et tout le monde s'est écroulé. La fin d'un long voyage.

Dans la pénombre et le silence j'ai rangé mes livres, ceux qui ne me quittent jamais. Et me voilà au travail. La chambre de l'écrivain est partout la même. Dès demain je jette cette croûte sinon elle restera là jusqu'à la fin.

Me voilà seul, sans lieu ni temps.

Quel est ce jeu étrange que l'on ne joue qu'en solitaire, entouré pourtant de tous ceux qui l'ont pratiqué avant nous? Sans bruit on pénètre dans un monde mystérieux fait d'émotions, de rythmes, de couleurs, de saveurs inédits sans savoir où l'on va. La règle est de rester assis très longtemps sans faire attention à la rumeur qui nous arrive par la fenêtre. On laisse alors de côté la vie réelle toute palpitante pour tenter, par des moyens artificiels de recréer cette même vie quotidienne. Me voilà trop loin dans cette mer d'encre pour retourner sur la rive malgré les appels répétés de mes amis. Leurs voix claires, ensoleillées, si joyeuses me parviennent au cœur de la tourmente. La fête est derrière moi. J'emporte pourtant leur gaieté avec moi en espérant y glisser quelques échos dans ce livre où j'ai échangé un peu de sang contre de l'encre. Mais cette angoisse finit par s'évaporer et une joie folle me fait tressaillir comme un esturgeon hors de l'eau.

Un mot, un seul, vient d'éclairer la page.

fin

après le tremblement de terre de Port-au-Prince

retour

Derrière ces maisons brisées je cherche le visage
de l'amour. Dernière rive.

J'ai toujours cru que la différence première était entre les nomades et les sédentaires. Je dis nomade sans voir uniquement le corps. L'esprit, le cœur, peut l'être. J'englobe aussi les idées, les formes, les couleurs, les sensations, les sentiments comme les émotions. Quel tourbillon! La toupie de mon enfance. Quelle joie d'aller vers d'autres rives, même douloureuses.

Du même auteur

Comment faire l'amour avec un nègre sans se fatiguer, 1985

Eroshima, 1987

L'Odeur du café, 1991

Le goût des jeunes filles, 1992

Cette grenade dans la main du jeune nègre est-elle une arme ou un fruit?, 1993

Chronique de la dérive douce, 1994

Pays sans chapeau, 1996

La Chair du maître, 1997

Le Charme des après-midi sans fin, 1997

Le Cri des oiseaux fous, 2000

Je suis fatigué, 2000

J'écris comme je vis. Entretien avec Bernard Magnier, 2000

Comment conquérir l'Amérique en une nuit, 2004

Les années 80 dans ma vieille Ford, 2005

Vers le sud, 2006

Je suis fou de Vava, 2006

Je suis un écrivain japonais, 2008

La fête des morts, 2009

L'Énigme du retour, 2009

Un art de vivre par temps de Catastrophe, 2010

Du même auteur (suite)

Conversation avec Dany Laferrière, interviews de Ghila Sroka, 2010

Tout bouge autour de moi, 2010

L'Art presque perdu de ne rien faire, 2011

L'Odeur du café avec les illustrations de Francesc Rovira, 2014

Journal d'un écrivain en pyjama, 2013

Le baiser mauve de Vava, 2014

Discours de réception à l'Académie française, 2015

Tout ce qu'on ne te dira pas Mongo, 2015

Mythologies américaines, 2016

Autoportrait de Paris avec Chat, 2018

Le baiser mauve de Vava, 2014

Autoportrait de Paris avec Chat, 2018

Pour limiter l'empreinte environnementale de leurs livres
les éditions de l'Aube font le choix de papiers
issus de forêts durablement gérées et de sources contrôlées.

Achevé d'imprimer en mars 2019
sur les presses de l'imprimerie Pollina
pour le compte des éditions de l'Aube
331, rue Amédée-Giniès, F- 84240 La Tour d'Aigues

Numéro d'édition 3072
Dépôt légal : avril 2019
N° d'impression : 88707

Imprimé en France